APERÇU

SUR

NOTRE SITUATION

DEPUIS LES

ÉLECTIONS DU 20 FÉVRIER 1876

⁓⁓⁓⁓

BORDEAUX

IMPRIMERIE NOUVELLE A. BELLIER

— 16, rue Cabirol, 16 —

—

1876

PRÉFACE

Avant que les travaux des corps constitués
Dans leurs ordres du jour soient plus accentués,
Sous les yeux des lecteurs je crois devoir remettre
Les divers faits chez nous qui viennent d'apparaître.
On vit rapidement, et l'on met dans l'oubli
Les incidents d'hier, ceux même d'aujourd'hui.
Pour mes concitoyens je dois, par parenthèse,
Ne pas précisément sortir de cette thèse
Qu'en relatant des faits privés et généraux
Je dois parler de ceux qui regardent Bordeaux.
Dans le présent ouvrage il convient, j'ose croire,
En termes à propos de raconter l'histoire
De nos élections et faits intéressants,
Qui depuis quatre mois ont agité nos sens.
En attendant, je jette un coup d'œil à la Chambre,
Où je vois dominer l'élément de Septembre,
Où je vois siéger, comme honorables gens,
Ceux qui de nos malheurs ont été les agents,
La plupart d'eux cachant sous un voile hypocrite
Leur faux patriotisme, et leur triste mérite.
En les flattant je vois les populations
Servir de marchepied à leurs ambitions.

Depuis six ans bientôt qu'on est en République,
Sommes-nous plus heureux ? Le parti monarchique,
En adoptant pour chef le duc de Magenta,
Par sa sagesse a mis le calme dans l'Etat.
La crainte, depuis lors, de notre âme est bannie
Et nous n'éprouvons plus la peur de l'insomnie.
Nous jouissons en paix de bienfaits bien certains,
Qu'on n'eût point obtenus par les républicains.
A force de complots et mesures perfides,
Leurs progrès, chaque jour, deviennent plus rapides.
C'est sous l'aile du brave et sage Mac-Mahon
Qu'ils bâtissent pourtant leur naissante maison,
Qui, ne pouvant avoir pour base que du sable,
S'effondra pour n'offrir qu'un objet misérable.
Mais pour nous relever faisons un grand effort,
Et plutôt que la honte, il faut subir la mort.
Et pleurant sur ton sort, ô France, ô ma patrie,
N'ai-je donc tant vécu que pour voir l'infamie
Attachée à ton front par d'indignes Français
Dont la cupidité ne se dément jamais!
La politique n'est qu'une source commune :
On ne vise aux emplois que pour faire foi tune.
Bien des gens déclassés en ont fait leur métier,
On voudrait être évêque et n'être pas meunier.

APERÇU

SUR NOTRE SITUATION

Depuis les Élections du 20 Février 1876

Par les élections de février dernier
Nous voilà retombés encor dans le bourbier ;
Et, naturellement, d'abord la rente baisse,
Le commerce s'effraie et le crédit s'affaise
C'est un mauvais début pour cet ordre nouveau
Et, pour les braves gens, un menaçant tableau.
Avant ce résultat, tout allait bien en France,
Et d'un bon avenir nous avions l'espérance.
Mac-Mahon et Buffet, grâce à leur fermeté,
Nous avaient donné l'ordre et la sécurité.
Buffet était l'espoir, l'honneur de la Patrie,
Et contre lui s'est fait un acte de folie.
Je ne vois aujourd'hui que l'instabilité,
La confiance éteinte et le peuple attristé.
Dans l'abîme profond où nous allons descendre
Je n'ai plus qu'à remplir le rôle de Cassandre ;
Et déjà, dans les airs, j'entends des cris d'oiseaux
Nous prédisant encor des désastres nouveaux. (1)

(1) Sœpe cava sinistra predixit ab Illice·cornix.

Rien ne démontra mieux tout Paris en démence
Que de voir Barodet élu de préférence.
Ce qui paraît plus fort, c'est de voir Rabagas
Acclamé quatre fois par un tas de goujats,
Lorsque, dans quatre endroits, l'homme le plus capable,
Buffet, est repoussé ; c'est vraiment incroyable.
Le sens moral se perd. Cette aberration
Peut, dans un temps donné, perdre la nation.
D'après ces résultats, il faut tirer l'échelle
Et dire que la France a perdu la cervelle.
Chez elle on aperçoit la folle du logis ;
Les Français ne sont plus qu'un peuple d'abrutis.
Des hommes qu'on devrait confiner dans un bagne
Sont ceux que la faveur du public accompagne.
Buffet, en nous parlant du péril social,
Voyait l'égarement devenir général.
Tant qu'il fut au pouvoir, grâce à son énergie,
Il comprima les flots de la Démagogie.
Mac-Mahon pourra-t-il s'opposer au torrent,
N'ayant plus pour l'aider son vice-président ?
Cependant Mac-Mahon a donné sa parole
Que jusques à la fin il remplirait son rôle.
Quel sera le ministre assez accrédité
Pour avoir dans la Chambre une majorité ?
On a fait à Buffet une guerre insensée ;
L'âme du Maréchal doit en être offensée.
Quelque sages que soient les vainqueurs d'aujourd'hui,
On voit que c'est un coup dirigé contre lui.
Pour lui la République a quelque déférence,
Mais d'un respect réel ce n'est que l'apparence.
Chez les républicains on découvre ce fait
Qu'ils ne veulent pas plus Mac-Mahon que Buffet.
Magenta remplit donc un rôle difficile
Et sa position me paraît bien fragile,
A moins qu'un jour, forcé dans son retranchement,
De la force il ne veuille employer l'argument.
A ses ordres sans doute obéira l'armée ;
La nation toujours compte sur son épée.

Lui seul peut arrêter la Révolution
Et réduire à néant toute sédition.
Au fameux Gambetta que Belleville encense,
Qui jamais eût prédit une aussi belle chance ?
Nous ne reverrons plus le ministre Buffet
Montant à la tribune abattre son caquet :
Il ne tremblera plus que sa fourbe éloquence,
Soit par ce grand talent condamnée au silence ;
Désormais, à son aise il pourra pérorer
Buffet n'étant plus là pour le contrecarrer.
Son discours à Lyon sur le cléricalisme
Prouve contre l'autel son grand antagonisme.
Tonnant contre le Pape et les ultramontains,
Il excite contre eux tous les républicains.
Jusques à quand, Français, voulez-vous donc permettre
Qu'il insulte à vos cœurs et qu'il s'érige en maître ?
Buffet était l'appui de la religion ;
Ce vil Génois en est la profanation.
Depuis qu'il a su faire une belle fortune
Il n'est plus communard, ce parti l'importune ;
Et quant à l'amnistie, en passant à Lyon,
Il s'est bien abstenu de cette question.
Le parti de Naquet là-dessus l'incrimine ;
Des radics contre lui la haine se dessine.
Dans la Chambre nouvelle il sera beau de voir
Comment ces estafiers vont, entre eux se mouvoir.
Quoique ne disant pas tout ce qu'elle a dans l'âme,
La *Gironde* nous a fait part de son programme.
La séparation de l'Eglise et l'Etat,
C'est ce qu'elle désire ainsi que Gambetta.
Elle veut obtenir par des lois rétrogrades
Que l'Université seule donne des grades,
-Afin que les élus soient tous républicains
Et qu'on ne fasse choix d'aucuns ultramontains.
Ainsi la liberté qui nous est tant promise
Est, sans ménagement, refusée à l'Eglise
La République veut la révocation
Des lois qui font obstacle à son ambition ;

Elle entend abroger surtout la loi des maires
Et changer sans merci tous les fonctionnaires.
Elle veut l'amnistie et d'autres changements
Qui pourraient bien tourner en des avortements.
Par la même raison que rien ne dure en France,
Elle pourrait n'avoir qu'une courte existence.
Dans l'intérêt public, c'est le vœu de l'auteur
Qui veut de son pays la gloire et le bonheur.

Elections complémentaires du 5 Mars

Les heureux résultats qu'on prévoyait d'avance
Ont des conservateurs confirmé l'espérance.
C'est donc avec plaisir que nous enregistrons
Le triomphe obtenu contre des fanfarons.
Sur Clauzet et David sont tombés les suffrages :
Sans doute on ne pouvait faire des choix plus sages.
Raynal, Léon, Laroze et d'autres orateurs
Ont voulu vainement tromper les électeurs.
Qui ne comprennent pas, dans leur simple logique,
Qu'ils seront plus heureux avec la République.
Notre département a noblement voté,
Car les conservateurs sont en majorité.
La *Gironde* et Fourcand, dans leur rage stérile,
Aujourd'hui peuvent faire un décompte facile.
Huit nominations sont aux conservateurs
Et les républicains n'en ont que six des leurs :
A Lesparre Clauzet, à Blaye Ernest Dréolle ;
A Bazas, c'est David ; Mitchell à La Réole.
A Bordeaux, nous avons eu quatre sénateurs,
Et sur toute la ligne emporté les honneurs.
Béhic, Duval, Delile et Pelleport-Burète
Ont vu tourner leurs vœux en victoire complète

Les rouges ont nommé Lur-Saluce et Sansas,
Roudier, Dupouy, Lataste et le grand Rabagas.
La République vient d'inventer un système
Qui, tout plaisant qu'il est, peut réussir quand même :
On fait choix, aujourd'hui, de commis-voyageurs,
Pour aller réchauffer l'esprit des électeurs.
Comme on l'a vu plus haut, Raynal, Léon, Laroze
Ont, dans divers endroits, péroré pour leur cause.
Bazas, en dernier lieu, Lesparre également
Ont vu les radicaux s'agiter vainement,
Crier qu'avec l'Empire on reverrait la guerre,
Une autre invasion, la honte et la misère.
Mais de vingt ans passés se souvenant toujours,
Nos paysans n'ont pas écouté ces discours,
Ayant pendant vingt ans vu doubler leur fortune.
Dès lors la République est pour eux importune.
Jules Favre, Floquet, Naquet et Gambetta
Ont la prétention de gouverner l'Etat.
Voilà donc les mortels que la Démocratie
Nous donne comme étant l'honneur de la Patrie.
La Révolution parvient donc à ses fins :
Les hommes de Septembre ont le pouvoir en mains.
De ces revirements que pouvons-nous conclure?
Que le pays a pris la route la moins sûre
En suivant de Thiers les perfides drapeaux ;
Le centre gauche a fait le jeu des radicaux.
Les mauvais choix qu'on fait en temps de République
M'ont toujours dégoûté de ce mode empirique ;
Et plus dans ce régime on s'enracinera
Plus le jacobinisme en France arrivera.
Depuis que de Buffet sonna la déchéance,
Aucune autorité n'est plus possible en France.
Les nouveaux parvenus vont tout bouleverser,
Mais seront impuissants à rien organiser.
Quand Thiers fut déchu de sa grande puissance,
De Broglie et Buffet, reprenant confiance.
Ont su, grâce à leurs soins, fonder le Septennat,
Et c'est le seul rempart aux dangers de l'État.

Maintenant j'aperçois devant nous l'anarchie :
Que de gens y perdront la fortune et leur vie !
Mais les républicains affirment que par eux
Le ciel nous donnera toujours des jours heureux

Nouveau ministère du 9 Mars 1876.

A l'instant on me dit qu'un nouveau ministère
Vient d'être organisé. Vainement on espère
Qu'il saura conserver, à l'instar de Buffet,
Dans le Gouvernement l'ordre le plus parfait.
Et la presse déjà montre des dissidences ;
Elle blâme Dufaure et s'exhale en offenses.
Des comités privés dans leurs réunions
Font, en termes très vifs, leurs observations :
Ce ministère n'est nullement homogène,
Il ne durera pas. Il valait bien la peine
De maintenir Dufaure au timon de l'État,
Puisqu'il se moque ainsi du groupe Gambetta.
La Gauche souveraine est mal représentée :
N'a point part au pouvoir et n'est pas écoutée
La Chambre et le Sénat paraissent, entre temps,
Offrir dès le début de grands dissentiments.
Dans les bureaux la Gauche est partout triomphante
Mais la Droite; au Sénat, apparaît dominante.
Par suite de débats on pourrait voir bientôt
Les Chambres se dissoudre et partir au grand trot.
Alors le maréchal, appuyé sur l'armée,
Maintiendrait le repos de la France alarmée.
Il ne faut pas avoir l'esprit bien prévoyant
Pour juger l'avenir périlleux, effrayant.
Le nouveau ministère est condamné d'avance.
Dufaure n'est pas né pour la toute-puissance.
Son caractère est plein d'irrésolution,
Tandis qu'il nous faudrait un homme d'action.

Au contraire, Buffet avait le grand mérite
D'imprimer à chacun sa règle de conduite,
Aux grands corps de l'État donnait l'impulsion
Et conduisait la barque avec distinction.
Il reviendra sur l'eau, gardons-en l'espérance ;
C'est l'administrateur le plus grand de la France ;
Et le plus bel éloge à faire de Buffet,
C'est d'avoir Rabagas pour ennemi secret.
Ce dernier, jusqu'ici, réussit dans son rôle,
Mais il ne parviendra jamais au Capitole ;
Et les Français, un jour, se trouveront honteux
D'avoir eu pour cet homme un élan malheureux.

Du 16 Mars 1876.

Enfin monsieur Ricard est nommé sénateur.
Auprès de bien des gens il a quelque valeur.
Ricard, du Centre gauche avait la présidence ;
Chaque jour ce parti gagne de l'importance :
La Gauche en est jalouse. Avec peine elle voit
Dans le nouveau pouvoir qu'aucun des siens n'y soit.
Jusqu'à l'occasion elle prend patience,
Pour imposer l'effet de sa prépondérance.
N'ayant rien obtenu, Gambetta furieux,
Déclare à tous la guerre ; il la ferait aux dieux !
Il menace Dufaure, il veut livrer bataille
Et prépare un assaut et d'estoc de taille.
Convenons que Ricard est un heureux mortel :
Il arrive au pouvoir sans mérite réel.
Il devient sénateur inamovible et même
Il arrive aux honneurs, comme mars en carême.
Mac-Mahon a daigné lui servir de parrain :
Pourvu qu'il n'aille pas s'en repentir demain !
Au Centre gauche il a, dit-on, voulu complaire
Pour ne pas disloquer le nouveau ministère.

Ricard, dès ce moment, pourra donc tout oser ;
Mais on l'arrêterait s'il voulait trop briser.
L'Influence-Buffet est encor presqu'entière ;
On n'avait jamais vu plus faible ministère.
Chaque parti se trouve à son tour caressé,
Mais Dufaure sera nonobstant renversé.
De tous ses ennemis, il demeure visible,
Qu'il ne pourra braver la colère terrible.
Il ne pourra jamais faire oublier Buffet :
Il n'est que sa doublure, et son pâle reflet.
Ce ministre vient donc de lancer un programme
Qui ne peut à nos yeux jeter ni feu ni flamme.
Il montre ses projets assez timidement
Et marchande aux partis leur acquiescement.
Son document nouveau ne satisfait personne.
Le Centre gauche seul à l'espoir s'abandonne.
Tous les autres journaux, presque unanimement,
Expriment sans détour leur mécontentement.
Il veut bouleverser d'abord la loi des maires,
Révoquer ou changer tous les fonctionnaires.
Quant à l'enseignement supérieur, il croit,
Qu'aux grades, il peut seul nommer que c'est son droit.
Cette prétention sera bien combattue
Il ne peut qu'éprouver une déconvenue.
De savants sénateurs, l'évêque d'Orléans,
Lui feront résistance en arguments puissants.
Sur cette question je lui prédis d'avance
Qu'il ne doit d'un succès conserver l'espérance.
Il sera beau de voir cette discussion
Sur la difficulté de la collation.

Discussion au Sénat entre Fourcand et Pelleport.

Je ne dois pas passer sous silence une chose
D'un bien vif intérêt pour nous, je le suppose.
Nous avons vu surgir une scène au Sénat,
Dont je vais dire ici quel fut le résultat.
On sait depuis longtemps qu'une haine secrète ·
Existe entre Fourcand et Pelleport-Burète.
Au Sénat elle vient d'éclater ardemment,
Et dans le monde a fait grand retentissement.
Une Commission fut d'abord appelée
A faire son rapport à la noble Assemblée,
·Et de nos sénateurs la validation
Fut adoptée en plein sans altercation.
Léon vint déposer dans cette grave affaire,
Au lieu de vivre ici comme un homme ordinaire.
Il aime mieux Paris ; le rang de sénateur
Facilitait ses goûts et faisait son bonheur.
Fourcand, dans un discours où perce la vengeance,
Blâme le rapporteur et son inadvértance,
Veut de nos sénateurs briser l'élection.
Et demande au Sénat l'invalidation.
Il dit que le Préfet, à ses devoirs contraire,
S'était entremêlé dans cette triste affaire ;
Qu'il avait comploté contre l'élection
De ceux qui soutenaient la Constitution ;
Qu'il avait écouté les impérialistes
Et des autres partis fait avorter les listes ;
·Qu'il avait, dans ce but, écrit dans un journal
Afin de faire échec au parti libéral ;
Que nombre d'électeurs, grâce à son influence,
Avaient donné leurs voix contre leur conscience ;
Qu'on doit examiner si monsieur le Préfet,
N'a pas, d'un vote libre, annihilé l'effet ;

Que dès lors il se trouve un cas rédhibitoire
Suffisant pour casser ce vote dérisoire.
On avait vu, dit-il, dans les premiers scrutins,
Grande majorité pour les républicains.
Au dernier tour, pourtant, le parti de l'Empire,
Flanqué de Pelleport, obtient ce qu'il désire.
Que s'était-il passé ? juste un accord secret
Entre monsieur Pascal et monsieur Gras-Cadet.
Dans son rapport rempli de basse jalousie,
Où se répand partout le venin de l'envie,
Fourcand parle beaucoup, mais de preuves, néant.
La Gauche à son discours applaudit cependant ;
Mais la Droite, attentive, avait prêté l'oreille
A cette philippique haineuse et sans pareille.
En vain elle recherche avec attention
Les preuves à l'appui de l'accusation.
Pelleport, à son tour, demande la parole,
Dit que le sieur Fourcand n'a joué qu'un faux rôle ;
Que son rapport est plein de mensonges flagrants,
Ou du moins dénué de motifs suffisants ;
Que de monsieur Pascal la conduite était nette
Et qu'il avait agi de façon fort discrète ;
Qu'il ne s'était en rien mêlé d'élection ;
Que des républicains c'est pure invention.
Béhic, Duval ont dit, ainsi que Longuerue,
Qu'ils ne connaissaient point de secrète entrevue.
Si la *Provin e* était le journal du Préfet
(Le sénateur Fourcand ose affirmer le fait),
Pourquoi, lorsqu'existait la lutte électorale,
Rabain (1) dénigrait-il la liste impériale ?
Et pourquoi le Préfet laissait-il outrager
Les hommes qu'en secret il voulait protéger ?
Les raisons de Fourcand, difficiles à croire,
Sentent la passion d'une façon notoire.
Des démentis formels prouvent, de tout côté,
Qu'il a, dans son rapport, trahi la vérité.

(1) Rabain, rédacteur de la *Province*.

Rédacteurs, imprimeurs de la feuille susdite
Disent qu'ils n'ont pas eu du Préfet la visite ;
Qu'il ne leur a jamais fait parvenir d'écrits
Pouvant à cette époque égarer les esprits ;
Qu'ils se disent d'ailleurs tout à fait responsables
D'articles publiés dans ces temps mémorables.
Et Pelleport avoue hardîment, franchement,
Qu'il a fait un accord avec Gras seulement.
Gras a promis les voix des impérialistes,
Pelleport, à son tour, celles des royalistes,
Qu'ainsi s'est opéré cet heureux résultat
Qui mit monsieur Fourcand dans ce piteux état.
Et monsieur Gras-Cadet, dans sa franchise extrême,
A dit au rapporteur : C'est la vérité même ;
Les électeurs, dit-il, ont agi sciemment,
Ont écouté leurs chefs et voté librement.
Burète, à son début dans sa réplique adroite,
S'attire constamment les faveurs de la Droite.
Quoique novice encor dans de pareils débats,
Il s'est fait écouter sans le moindre embarras.
Ce nouvel orateur en quittant la tribune,
Reçoit de ses amis l'accolade commune.
Il est vrai qu'il avait la vérité pour lui,
Et Fourcand du mensonge avait le triste appui.
Au Corps législatif, rempli d'énergumenes,
Il pouvait exciter des complots et des haines ;
Dans cette Chambre basse il pouvait réussir,
Mais dans la Chambre haute on devait l'applatir
C'est en vain qu'il avait occupé la tribune.
On écouta fort peu sa harangue importune,
Et le Sénat, vidant l'interlocution,
Approuva le rapport de la Commission.
Que Fourcand, Gambetta, Léon et la *Gironde*
Aillent se plaindre ailleurs et crier dans le monde.
Ils ne sont pas je crois au terme de leurs maux,
Le Sénat leur réserve encor quelques crapauds.

Vérification des pouvoirs dans les deux Chambres.

ette opération cause à nos députés
Des ennuis, des longueurs et des difficultés.
La Chambre, chaque jour, propose des enquêtes
Qui proviennent souvent de rancunes secrètes
C'est l'esprit de parti qui, la plupart du temps,
Fait naître la chicane et ces atermoiments.
Ce n'est point l'équité qui, dans ce cas, préside :
Le côté politique est le principal guide.
Les amis de l'Empire et de la royauté,
Autant qu'il est possible, on les met de côté.
On pourchasse surtout les impérialistes,
Qu'on redoute bien plus que les légitimistes.
Ceux qui n'ont pas l'honneur d'être républicains
Sont l'objet d'examens sévères et taquins.
C'est ainsi que Mitchell, élu dans La Réole,
Fut l'objet d'une enquête odieuse et frivole.
Ne trouvant rien à dire à son élection :
Son titre de Français fut mis en question.
Caduc, à cet égard, fit des recherches vaines
Et ne put apporter nulles preuves certaines.
Mais on dit qu'il avait été comédien,
Boulevardier, choriste et mauvais citoyen.
Après un vil rapport, fait par le sieur Cherpin,
Député de la Nièvre et grand républicain,
A la Chambre Mitchell se défendit lui-même,
Attaqua ce rapport plein d'un mensonge extrême,
Dans lequel on disait qu'il n'était pas Français.
Ses frères, à Sedan cruellement blessés,
Etaient morts cependant victimes de la guerre.
Lui-même, prisonnier, traîné dans la poussière,

Comme Français avait vaillamment combattu.
Le rapporteur n'était donc qu'un grand malotru.
Ce député Cherpin, au lieu de rester neutre,
En effet n'a rempli que le rôle d'un pleutre
Mitchell lui répondit en homme de talent,
Et l'on reconnut bien qu'il était éloquent.
Par de justes motifs, la Chambre décidée,
L'élection Mitchell fut enfin validée.
Quoique Robert Mitchell ne soit pas Bordelais,
Il vaut bien mieux pour nous que Caduc Réolais.

Election du vicomte de Mun.

Pour cette élection, d'ailleurs incontestable,
La Gauche se montra d'une humeur intraitable,
Et, naturellement, un grand républicain
Fut nommé rapporteur : ce fut Casse Germain
Sous des prétextes vains il propose une enquête,
Vu que du haut clergé l'influence indiscrète
Avait beaucoup pesé sur cette élection,
Méritant, suivant lui, l'invalidation,
Car il ne convient pas à des hommes d'église
D'exercer là-dessus leur fâcheuse entremise
Tous les républicains furent de son avis,
Car aux prêtres, font-ils, rien ne leur est permis
Leur intervention ne fut point déniée ;
Au contraire, elle fut franchement avouée,
Et pour ce motif seul on ne présumait pas
Qu'on pût faire une enquête en un semblable cas.
On se disait, d'ailleurs, que tout électeur prêtre
Dans un club pouvait bien comme un autre paraître.
Mais le plus grand reproche à cette élection,
De l'évêque du lieu c'était l'immixtion.
On a dit que c'était un grand fonctionnaire,
Qu'étant salarié, dans une telle affaire

Il devait s'abstenir. Entre deux candidats
Qui, dans le Morbihan, se disputaient le pas,
Cadoret et de Mun étant en concurrence :
Lequel des deux devait avoir la préférence ?
L'évêque, interrogé, fut pour monsieur de Mun.
N'est-ce pas tout à fait contraire au sens commun
Que telle élection devait être cassée,
Vu qu'un évêque avait exprimé sa pensée ?
Après un tel rapport sentant la passion,
De la Chambre de Mun obtient l'attention,
Et son élection, dans cette circonstance,
Acquerrait à bon droit une grande importance,
C'est un événement qui fit sensation
Et tout au grand profit de la religion.
L'avénement d'un homme au-dessus du vulgaire
Produisit dans le monde un effet salutaire.
La Chambre écouta donc ce nouvel orateur,
Qui donna ses raisons, contre le rapporteur.
Il entraîne, il séduit presque tout l'auditoire,
Qui chez lui reconnaît un mérite oratoire.
Il convient, il avoue, il ne se cache pas,
Et sa grande franchise excite l'embarras.
« Si l'évêque, dit-il, a daigné me promettre
» Un appui qui pouvait m'être utile peut-être,
» Il n'a cru, dans ce cas, blesser aucune loi ;
» Tout électeur a pu voter suivant sa foi.
» Une enquête, je crois, ne peut rien vous apprendre ;
» Je ne conteste pas, c'est à vous de m'entendre,
» Je ne veux point ici farder la vérité.
» Oui, je suis catholique et j'en fais vanité :
» De la religion j'entreprends la défense,
» Puisque, sans nul scrupule, on l'attaque, on l'offense.
» Ceux qui m'ont envoyé m'ont donné ce mandat ;
» Je servirai l'Église en fidèle soldat.
» Si l'équité chez vous n'est qu'apparente et feinte,
» Devant mes électeurs je reviendrai sans crainte ;
» Ne me validez pas, si cela vous convient,
» Usez de votre droit et j'userai du mien. »

Son discours cependant ébranla l'Assemblée,
Et Gambetta parut avoir l'âme troublée.
Dans sa réponse il dit qu'en temps d'élection
Un évêque devait user d'abstention ;
Que c'était un abus de voir des gens d'église
Commettre une action qui n'était pas permise ;
Que la Chambre saurait, ainsi que le pouvoir,
Aux prêtres indiquer quel était leur devoir ;
Que le cléricalisme, empreint d'un zèle extrême,
Voulait par-dessus tout empiéter quand même,
Et qu'il était bien temps d'arrêter le torrent
Qui venait dans l'État chaque jour grossissant :
Qu'il fallait se garer des grandes influences,
Que les prêtres faisaient subir aux consciences,
Et que Buffet, flanqué de son ordre moral,
Avait fortifié le parti clérical ;
Qu'il fallait s'opposer aux funestes usages
Des congrégations et des pèlerinages ;
Qu'en prenant le manteau de la religion
Ce prétexte couvrait la conspiration ;
Que c'était un complot contre la République
Et qu'on devait user d'un moyen énergique
A ce discours rempli de fiel et de venin
Le vicomte de Mun a répondu soudain :
« Quoi ! vous nous accusez de mesures perfides,
» Nous dont vous connaissez les principes rigides,
» Nous qui répandons l'ordre et la paix dans les cœurs,
» Nous sommes, d'après vous, de grands conspirateurs !
» C'en est trop ! Tôt ou tard, il faut que cela cesse
» Et que la vérité dans le monde apparaisse :
» En attendant, pourquoi venez-vous attaquer
» Ceux qui, sans grands efforts, sauront vous répliquer ?
» La haine de Bismark contre les catholiques
» Sert admirablement vos projets empiriques.
» Du chancelier prussien vous êtes les suppôts ;
» Comme lui contre nous vous faites des complots :
» Dieu ne permettra pas que vos projets occultes
» Puissent détruire un jour nos temples et nos cultes. »

On prononça l'enquête en dépit des raisons
Qui n'eussent dû trouver que des adhésions ;
Et cette élection, méchamment suspendue,
Pour cela n'aura pas une meilleure issue.
Ils ont l'air de vouloir examiner de près ;
D'avance ils ont, je crois, préparé leurs arrêts.
Cette majorité, par sa conduite inique,
Ne pourra jamais faire aimer la République
De la proscription c'est le commencement :
Les prêtres sont l'objet de leur ressentiment.
Ils ont voulu citer l'archevêque à leur barre ;
Il leur a dit : « Celui qui porte la tiare
» N'a pas d'injonction à recevoir de vous :
» Devant le Seigneur seul, il se met à genoux.
» Vous pouvez, s'il vous plaît, me prendre pour otage.
» Mais je ne puis souffrir que la Chambre m'outrage. »
En effet, nulle loi ne leur donne le droit
De citer un évêque, et cela se conçoit.
Ils peuvent bien sans doute exercer l'ostracisme,
Sauf à faire plus tard un peu de terrorisme.
Au lieu d'invalider, dans une occasion,
Gambetta, scrupuleux, choisit l'abstention (1).
Tandis qu'ils validaient l'élection Danville (2),
Chesnelong succombait sous leur humeur hostile
Ce dernier, repoussé comme grand clérical,
L'autre bien accueilli, comme grand radical.
Cet acte provoqua le sourire ironique
De la Droite en courroux contre cet acte inique.
A ce sujet, Grévy se fâcha tout de bon,
Parce qu'on bafouait la Chambre avec raison.
La Gauche, évidemment, a franchi les limites
Et commet chaque jour des actes illicites,
Car les conservateurs, assez mal regardés,
Pour un oui, pour un non, restent invalidés.

(1) Dans l'élection Larochejaquelein.
(2) Ce député a subi un jugement de police correctionnelle

C'est toujours le clergé, le préfet et les maires
Que les républicains trouvent pour adversaires.
Et les républicains n'influencent-ils pas
Pour faire triompher tels ou tels candidats ?
Aux cléricaux pourquoi n'est-il donc pas loisible
De faire triompher tel ou tel éligible ?
Les Chambres ont offert un bizarre incident,
L'une en invalidant, et l'autre en validant.
C'est ainsi que Lajaille, enfant des colonies,
Fut élu sénateur. Des notes inouïes
Arrivèrent en France, et le sieur Ferrouillat
Fut désigné pour faire un rapport au Sénat.
Ce grand républicain, jadis marchand de soupe (1),
Dit que tout vote était nul dans la Guadeloupe ;
Que la mairie étant en dislocation,
Tout était illégal dans cette élection.
Mais Lajaille prouva, parlant à la tribune,
Que tout s'était passé de façon opportune.
Suffisamment instruit par la discussion,
Le Sénat prononça la validation.
Mais la Chambre à côté faisait tout le contraire.
A l'égard de Veillet elle fut très sévère.
Nommé représentant dans les Côtes-du-Nord,
D'être conservateur Veillet avait le tort.
On fit toujours valoir le thème déplorable
Que les autorités, les prêtres et le diâble
Avaient fait en tous lieux sentir leur pression,
Et qu'on avait ainsi faussé l'élection.
On trouva des raisons plus ou moins détestables :
Veillet fut repoussé sans motifs vraisemblables.
Tandis que le Sénat d'un côté validait,
Par contraste, à son tour, la Chambre invalidait.
Pour la tranquillité c'est d'un triste présage :
Avec frayeur je vois s'amonceler l'orage.
Il grondera toujours tant qu'on ne verra pas
Dans notre beau pays la République à bas.

(1) Fournisseur des vivres de l'armée pendant la guerre

Notes sur ce qui s'est passé depuis l'absence des Chambres.

Nos deux Chambres ayant suspendu leurs séances,
Le pays est resté calme dans les vacances.
Des travaux de la Chambre il faut dire néant,
Et c'est tout ce qu'on peut porter à son bilan,
Sauf ses évictions déloyales et tristes,
Contre des députés soi-disant royalistes.
Le pays a vécu dans un calme parfait;
Les intransigeants seuls l'ont un peut stupéfait.
Plusieurs pétitions demandant l'amnistie
Ont agité parfois notre chère patrie ;
Mais le Gouvernement a prescrit aux préfets
D'en arrêter partout les dangereux effets.
Nos élus sont entrés en villégiature
Pour revoir du printemps la nouvelle parure.
De conseils généraux étant les présidents,
Quelques ministres même ont pris la clef des champs.
Ricard, souffrant toujours de fièvre intermittente,
Est parti pour soigner sa santé chancelante.
Mais il avait, avant, changé notre préfet,
Comme réactionnaire et l'ami de Buffet.
Pascal est le premier qu'a frappé la vengeance
Des radicaux jaloux de sa prépondérance.
La *Gironde* surtout ne cessait de crier,
Et poussait le ministre à le sacrifier.
Avec calme Pascal a subi sa disgrâce,
Et conserve l'espoir de revenir en place.
Soutenu dans Bordeaux par tous les braves gens,
Il y prend domicile et songe à meilleurs temps :
Il pourra désormais écrire dans la presse
Ce que lui dicteront sa plume et sa sagesse.

Lutte électorale entre MM. Raynal et Simiot

Entre temps nous avons vu surgir à Bordeaux
Une lutte amusante entre deux radicaux.
On sait que Rabagas, optant pour Belleville,
Il a fallu choisir quelqu'un dans notre ville.
Tous les conservateurs s'étaient mis de côté,
Car les républicains sont en majorité,
Une rivalité qu'on ne prévoyait guère
S'est élevée avec un grave caractère.
Ce jour les radicaux et les républicains
Se .ivrèrent entr'eux des combits intestins.
Simiot et Raynal étant en concurrence,
La lutte devenait chaque jour plus intense.
Sur l'avis de Fourcand, Simiot, qui déjà
S'était mis de côté pour aider Gambetta,
En faveur de Raynal, voit contre lui paraître,
De cet ingrat tribun, une indécente lettre.
Nous devons espérer que le grand Rabagas
Dans ses injustes vœux ne réussira pas.
En effet, aujourd'hui l'opinion publique
Revient vers Simiot d'une façon magique.
Dans la ville, il serait tout à fait indécent
De laisser Simiot pour prendre un intrigant.
Le sénateur Fourcand travaille à cette honte ;
C'est par lui que la lie ici toujours remonte.
On nous a demandé quel est l'individu
Qui combat Simiot ? Cet homme est peu connu
Il fait quelques transits ; C'est un israélite,
Bavard, grand radical, mais d'un mince mérite.
Il vaut mieux s'en tenir, je pense à Simiot.
Raynal, pour bien des gens, est loin d'être idiot ;
Mais son goût prononcé pour le radicalisme
Rend suspect son bon sens et son patriotisme.

Il ne peut dignement représenter Bordeaux,
Et serait le plus triste, à nos yeux, des cadeaux.
Quelques individus, pourris de république,
Ont cru lui préparer un succès magnifique,
En se servant encor de l'intervention
De Léon Gambetta. C'est une illusion ;
Car beaucoup d'électeurs feront tout le contraire.
Ne voudront pas subir l'influence étrangère.
Pourquoi cet effronté veut-il donc, à Bordeaux,
S'imposer comme oracle et mâter nos cerveaux ?
Cet homme, qui devrait s'effacer et se taire
Pour ne pas exciter notre juste colère ;
Qui plongea le pays dans un abîme affreux
Et qui causa la mort de tant de malheureux;
Cet homme, appréhendé par la justice humaine,
Que tant de braves gens accablent de leur haine ;
Cet ami de Floquet et du maire Fourcand,
Qu'on devrait repousser comme un funeste agent,
En faveur de Raynal a donc fait une lettre
Pour vexer Simiot et l'évincer peut-être.
Pourquoi de cette lettre avoir sali nos murs
Et traité Simiot en des termes si durs ?
N'importe ! Il obtiendra de ses compatriotes,
Par compensation, un grand nombre de votes,
Et quant à Gambetta, son intervention
Devra nuire à Raynal dans son élection.
Les comités ont fait une faute bien grande
En prétendant accroître ainsi leur propagande,
Et la *Gironde* a fait un article fort long
Pour les justifier de cette immixtion !
Ils ont bien reconnu la portée imminente
Qu'avait eue à Bordeaux leur manœuvre imprudente.
Aussi notre amour-propre est justement froissé
De voir de Gambetta le concours empressé.
Devait-on invoquer son conseil téméraire
Pour apprendre de lui ce que nous devons faire ?
Avons-nous donc besoin d'un secours étranger
Pour nous influencer et pour nous diriger ?

Beaucoup d'indifférents, dans cette circonstance,
Iront pour Simiot faire acte de présence.
Electeurs! accourons donc en masse au scrutin
Et pas d'abstention pour dimanche prochain.
Il s'agit d'écraser cette affreuse *Gironde*
Dont le joug odieux pèse sur tout le monde;
Il s'agit d'écarter cet intrigant Raynal
Et faire triompher Simiot, son rival.

Je ne puis de ce livre achever la clôture,
Sans dire quelques mots sur la mésaventure
Que viennent d'éprouver, dans le scrutin récent,
Gambetta, la *Gironde*, et Raynal et Fourcand.
La ville de Bordeaux s'est enfin exprimée;
Elle n'entend plus être esclave accoutumée
De certains comités qui veulent l'asservir
Et la faire voter selon son bon plaisir.
La *Gironde*, longtemps fière et victorieuse,
Sera dans l'avenir bien moins prétentieuse;
Et ses républicains de succès enivrés,
Se croyaient dans leur cause encor bien rassurés.
Le sort, prenant contr'eux une face nouvelle,
Vient de leur infliger une leçon cruelle.
Par cette élection nous avons protesté
Contre ce Gambetta qu'on nomma député.
La feuille de Fourcand, meurtrie et confondue,
Eprouve un rude échec: c'est bataille perdue.
Elle avait commandé lampes et lampions
Pour fêter son succès dans les élections;
Elle croyait encor, triompher dans la Ville,
De tous ses ennemis et de leur presse hostile:
Puisqu'on n'écoute plus l'avis des comités,
On dit de leur mandat qu'ils se sont désistés.
La *Gironde* et Fourcand, tombés en décadence,
Désormais à Bordeaux seront sans influence:

Triste revirement des choses d'ici-bas,
Leurs lauriers desséchés ne reverdiront pas.
Notre nouveau préfet, dans cette alternative
Ne sait trop que penser d'une lutte aussi vive,
N'étant pas bien fixé sur l'esprit bordelais :
C'est Fourcand qui l'instruit sur les principaux faits
Fourcand est tout-puissant près de la préfecture,
Et du nouveau préfet il dirige l'allure.
Decrais est jeune encor, et je suis bien surpris
Qu'on l'ait nommé préfet dans son propre pays.
Il peut administrer une importante ville,
Mais parmi nous, son rôle est assez difficile.
Les journaux de Bordeaux sont pour lui pleins d'égards ;
Il s'est fait jusqu'ici bénir de toutes parts.
Decrais croyait devoir agir avec prudence
Et des conservateurs ménager l'alliance.
Mais Ricard, son patron, affrontant les destins,
A jeté son bonnet par-dessus les moulins
Il arrive à Paris, lance une circulaire
Qui, des conservateurs excite la colère.
Plus de ménagements, on doit vite expulser
Les amis de Buffet ; il faut les remplacer.
Inutiles rigueurs, déplorable faiblesse,
Rien ne peut de Ricard conjurer la détresse.
Il est malade, et puisqu'il parle sur ce ton,
Ce ministre, à mes yeux, file un mauvais coton.
Il cède à Gambetta, subit son influence,
Et montre qu'il n'a point la moindre indépendance
Et comme il est honteux de voir ce paltoquet
De la Commission présider le budget !
Baumarchais nous a dit qu'un certain jour, en France,
On eut besoin d'un homme expert dans la finance.
Pour ce poste il fallait un grand calculateur ;
Devinez qui l'obtint? Ce fut un beau danseur.
Aujourd'hui nous voyons une chose semblable ;
Pour régler un budget il faut un bon comptable :
Au lieu de s'empresser de prendre un financier,
On prend : Qui croyez-vous ? Gambetta l'émeutier.

Je crois devoir rattacher à la fin de ce livre quelques
poésies légères, déjà publiées et connues à Bordeaux, et
qui feront corps avec ce volume :

1° NAQUET A BORDEAUX ;
2° ÉLECTION SÉNATORIALE ;
3° GAMBETTA A BORDEAUX.

Naquet à Bordeaux

LUTTE ENTRE LES TRANSIGEANTS ET LES INTRANSIGEANTS
LE 30 OCTOBRE 1875.

Depuis longtemps la Presse avait, dans le Midi,
Annoncé de Naquet le succès inouï.
On avait même dit que ce nouveau prophète,
Gonflé de ses succès, s'était mis dans la tête
De venir à Bordeaux prononcer des discours,
Que la foule des sots vient écouter toujours.
Il arrive, en effet, plein d'une ardeur extrême
Et de nos radicaux il convoque la crème.
Laterrade est en tête, assemble des amis
Qui, près du grand tribun, de grand cœur sont admis.
On forme un comité : des lettres sont lancées,
A tous nos députés elles sont adressées.
Fourcand, Caduc, Roudier, Simiot et Saugeon
Sont priés d'assister à la réunion.
Mais on découvre alors une supercherie
Par Guépin et Fourcand traîtreusement mûrie.
Ils forment à l'instant un contre-comité
Pour combattre Naquet et sa loquacité.
Guépin, loin d'accueillir la lettre-circulaire,
Répond qu'il est trop tard pour entrer en matière :
Qu'une Société, cinq minutes avant,
S'étant constituée, avait pris le devant.

La salle du Fresquet et de Lamartinie
Furent prises pour voir jouer la comédie.
Ainsi les transigeants et les intransigeants
Viennent en temps de foire, égayer nos instants.
Au cirque olympien, c'est Guépin qui préside !
Ce savant oculiste a, dit-on, l'œil perfide.
Laterrade préside à la salle Fresquet :
Il accueille en ami les amis de Naquet ;
Et c'est le même jour que ces deux assemblées
Pour s'entre-déchirer ainsi sont installées.
D'un côté nous voyons six de nos députés
Qui, devant leurs clients, se sont représentés :
Voulant justifier leur étrange conduite,
Ils disent qu'en février leur âme fut séduite
Par le mot République, et que c'est vainement
Qu'ils l'auraient poursuivie en votant autrement ;
Qu'ils avaient peur alors de l'Impérialisme,
Et qu'ils ont aujourd'hui peur du radicalisme ;
Qu'il faut donc museler l'intransigeant Naquet,
Et reduire à néant son dangereux caquet.
Eh ! de quel front vient-il, ce bavard intrépide,
Répandre dans nos murs sa doctrine perfide ?
Parjure à ses serments, cet indiscipliné
Contre nous vainement se sera déchaîné.
Des électeurs choisis aussitôt font entendre
Des applaudissements faciles à comprendre ;
Mais nos républicains, au fond, pleins de frayeur,
Redoutent de Naquet l'éloquence et l'ardeur.
Ils avaient trop compté dans le fond de leur âme
Sur la docilité de cette queue infâme
Faisant de leur parti la force et l'ornement.
Aujourd'hui, la discorde est au camp d'Agramant.
On est rassasié des discours politiques
Qui ne sont composés que des mêmes rubriques.
La *Gironde* qui voit les destins si changeants
Est vaincue aujourd'hui par les intransigeants
Gambetta son héros n'est plus qu'un misérable
Et Thiers est lui-même assez peu respectable.

Du peuple elle a perdu la faveur et l'appui.
Le *Petit Girondin* tient la corde aujourd'hui.
Mais que se passe-t-il dans la salle contraire ?
On écoute Naquet, le bouillant adversaire...
Que viennent faire ici ces nouveaux arlequins ?
N'avions-nous pas assez de nos républicains,
Sans voir ceux de Paris ? Mais Bordeaux, notre ville,
Renferme, on le sait bien, une foule imbécile
Avide d'écouter de mauvais orateurs,
Ceux qui sèment surtout les plus grosses erreurs.
Et ces réunions, de quoi sont-elles pleines ?
De gens obscurs, jaloux et boursouflés de haines.
Ah! combien le suffrage, à tort universel,
Du repos de la France est l'ennemi mortel !
J'espère que bientôt les lois électorales
Dans leur dispositif resteront plus morales.
Pour le moment, pourtant, je ne suis pas fâché
De voir le bon public par Naquet alléché.
Ces électeurs, jadis pourris par la *Gironde*,
L'accablent à leur tour de leur haine profonde.
Le *Petit Girondin* accuse ce journal
D'avoir toujours trahi le parti radical.
A la salle Fresquet, Bayle obtient le parole,
Et des six députés blâme l'infâme rôle.
« N'ayant nommé », dit-il, « que des républicains,
» Comment ont-ils rempli leurs devoirs souverains ?
» Ils ont cyniquement violé leurs promesses
» Et fait la République à force de bassesses.
» Ils ont tout concédé, mais n'ont rien obtenu :
» Ils osent appeler cela de la vertu.
» Ils ont trompé le peuple avec effronterie
» Et souillé le drapeau de la démocratie.
» Aussi ne sont-ils pas, dans cette occasion,
» Venus pour écouter leur condamnation.
» Ils devaient strictement fonder la République :
» Et n'en ont obtenu qu'une forme ironique. »
Cet ancien conseiller, radical à tous crins,
Tombe ainsi, poings fermés, sur ces républicains.

Vient ensuite Naquet. Dans son effervescence,
Il est comme agité de haine et de vengeance.
Démolir Gambetta, Thiers et surtout Buffet,
Voilà son objectif. L'intransigeant Naquet
Devant tant d'auditeurs sa belle âme est éprise,
Et parle devant eux avec grande franchise.
« Je dois dire, Messieurs, combien je suis heureux
» De rencontrer ici des esprit généreux,
» Qui veulent franchement la République en France,
» Sans ambiguïté, vraie, et sans réticence.
» Tout ce que nous avons gagné jusqu'à ce jour
» N'est, à vous dire vrai, qu'artifice et détour.
» Gambetta, ce félon de la démocratie,
» Ne nous présente plus aucune garantie.
» Par des raisonnements captieux et trompeurs
» Il traîne son parti chez les conservateurs.
» Cette combinaison, cette alliance hybride
» Ne peuvent engendrer qu'un résultat perfide.
» Nous restons donc les seuls et vrais républicains,
» Et les autres ne sont que de faux puritains.
» J'ai dans la République une foi bien sincère,
» Tandis que Gambetta n'est pour moi qu'un faux frère. »
Grands bravos dans les rangs des fous et des badauds
En entendant parler le chef des radicaux.
Un bruit pourtant s'entend dans la foule effrayée ;
« EH ! VIVE GAMBETTA ! » dit une voix payée.
Le président se fâche, et dans quelques instants
Le silence revient parmi les assistants.
A Gambetta, Naquet vient déclarer la guerre,
La *Gironde* intervient et se met en colère ;
En prenant le parti du fougueux Gambetta,
Elle loue et soutient ce faux homme d'Etat.
Naquet, parlant de lui, le déclare incapable
Et prouve qu'il a fait un mal irréparable,
D'abord, en poursuivant la guerre en outrancier,
Croyant, dans les combats, cueillir un vain laurier :
Ce personnage abject, se disant patriote,
Par son ambition nous a mis à la côte.

Sans son aveugle orgueil nous aurions fait la paix.
Au moins cinq mois plus tôt, à beaucoup moins de frais.
Je suis de son avis, car cet homme funeste,
Pour notre chère France est pire que la peste,
Et dans notre intérét, comme aussi dans le sien,
Il n'aurait jamais dû quitter Saint-Sébastien.
Sous les beaux orangeis de la ville espagnole,
Il comptait ses écus, roulant comme un Pactole,
Tandis que ses amis, dans Paris poursuivis,
Se faisaient mitrailler en suivant ses avis.
Naquet et Gambetta, ces farceurs populaires,
Autrefois grands amis, maintenant adversaires,
L'un et l'autre ont pourtant des comptes à régler,
Et la Presse parfois vient le leur rappeler.
.Que d'actes scandaleux le pays leur applique !
On leur met sur le nez les canons d'Amérique.
Le jour de la Justice enfin arrivera
Pour punir Jules Favre ainsi que Gambetta.
Naquet dit qu ils ont fait plus de mal à la France
Que Napoléon III dans ses jours de démence.
Naquet est fort logique, et Fourcand ne l'est pas,
Pas plus que le fougueux et pédant Rabagas.
Naquet dit: « Si l'on veut la République en France,
» Nommons des radicaux. Voilà notre espérance » ;
C'est sa conclusion. Aussitôt au banquet
Chacun suit, pour dîner, Laterrade et Naquet.
C'est au prix de trois francs que la table est servie.
Les mets sont abondants. Vous devinez la vie
Que firent ces gaillards en buvant du vin bleu
Qui venait de Béziers, piquant et plein de feu.
D'abord la soupe aux choux, puis chaque assiette est pleine
Des huîtres d'Arcachon à six sols la douzaine.
Le gigot vient ensuite avec des haricots,
Du saucisson à l'ail, et des plats d'escargots.
A chaque membre on sert des œufs durs en salade.
« J'aime assez les œufs durs, » dit le sieur Laterrade:
On arrive au dessert ; le fromage et les noix
Renouvellent la soif de nos buveurs grivois,

Et le verre à la main, on entend cette clique
Crier : « A bas Buffet ! vive la République ! »
On servit le café, la bière et le cognac,
Pour égayer la fête et chauffer l'estomac.
Vers minuit on prit l'air et, la tête échauffée,
Chacun fut se jeter dans les bras de Morphée.
La table fut, dit-on, de quatre-vingts couverts.
Quels étaient du banquet les convives divers ?
Pêle-mêle on comptait parmi ces démocrates
Maints bouchers, boulangers, avec force acrobates,
Marchands d'habits, tripiers, artistes en cheveux,
Boutiquiers, épiciers, cordonniers, maîtres gueux.
Cette société, d'ailleurs très respectable,
Est toujours fort unie et se tient bien à table.
L'union fait sa force, et nous, conservateurs,
Au nom de la Patrie, abjurons nos erreurs.
Commerçants, laboureurs, travailleurs, gens d'affaires,
Bourgeois, industriels, rentiers, propriétaires,
Unissons nos efforts, afin de contenir
Les radicaux toujours prêts à nous envahir.
Debout ! et profitons de notre expérience
Contre nos ennemis pour nous mettre en défense :
Les radicaux pour nous sont un philloxera :
Si nous sommes brebis, le loup nous mangera !

Elections sénatoriales à Bordeaux

LE 30 JANVIER 1876

Dans la salle Saint-Paul, Fourcand l'Inamovible
Organisa d'abord un Comité paisible.
Il expose en deux mots à nos républicains,
De la réunion le but et les desseins;

Et naturellement il fut nommé d'emblée
Pour présider la foule à Saint-Paul assemblée.
« Ne choisissons, dit-il, que des républicains,
» Tâchons d'être vainqueurs dans les scrutins prochains.
» Je viens donc aujourd'hui vous prier de me dire
» Quels sont les candidats que vous voulez élire. »
C'était embarrassant ; une liste, soudain,
Comprenant quelques noms, passa de main en main.
Dupouy, Brun, Issartier, Simiot, peut-on le croire !
Forment un quatuor qui n'est que provisoire.
Tout n'était pas fini, car le nom de Léon
N'entrait pas cependant dans la combinaison.
Ils voulaient une liste assez conservatrice,
On jugea que Guillot pourrait entrer en lice ;
Alors on différa ; puis survint un accord
Qui parut à certains impossible d'abord.
Le *Courrier* n'avait pas de candidato encore.
Et les républicains que, dit-il, il abhorre
Parlèrent d'une entente et d'un juste milieu...
Après des pourparlers une alliance eut lieu.
Fourcand composa donc une nouvelle liste :
Il y plaça Léon, ancien orléaniste.
Guillot de Suduiraut, candidat sans couleur,
Pour cette seule cause obtint le même honneur.
Fourcand, de cette affaire ayant seul la conduite,
Les autres noms cités s'effacèrent de suite.
Ainsi, Dupouy, Léon, Issartier et Guillot
Furent les candidats acceptés aussitôt.
La liste ainsi complète, à l'instant la *Gironde*,
En termes orgueilleux vient l'annoncer au monde.
Elle chante victoire en voyant le *Courrier*
Aux mêmes candidats venir se rallier.
Comment apprécier cette alliance immonde,
Du *Courrier* de Bordeaux greffé sur la *Gironde ?*
Ces journaux ennemis semblent en ce moment
Avoir fait abandon de tout ressentiment.
C'est le même tableau qu'on a vu dans la Chambre :
Les d'Orléans unis aux hommes de Septembre.

Dans ce pénible état, je dis que les Français,
Malades de cerveau, sont plus fous que jamais.
Que dire, que penser d'une telle alliance ?
Je cherche, pour ma part, en toute conscience,
Quelles sont les vertus, les talents et l'état
De ceux que ces journaux destinent au Sénat.
Et d'abord Issartier ne paraît pas de taille
Pour être sénateur. C'est un homme de paille.
Nous voyons seulement que monsieur Issartier,
Dans son canton excelle à tailler le prunier.
Dupouy, grand radical, est apte à ne rien faire :
Au Corps législatif il fut bien ordinaire.
Il n'avait pas, je crois, beaucoup d'ambition,
Mais il a réussi dans l'opposition.
L'honneur qu'on lui destine à bon droit l'émerveille :
L'emploi de sénateur lui siérait à merveille.
Monsieur Léon voudrait être aussi sénateur ;
On pouvait aisément faire un choix plus flatteur.
Car notre ville, en quoi serait-elle honorée
Si Léon au Sénat pouvait avoir l'entrée ?
Transfuge politique, à part cela pourtant,
Il est homme estimable et brave commerçant.
Mais pourquoi donc vient-il de lancer une lettre,
Aux yeux de bien des gens propre à le compromettre ? (1)
Pense-t-il de Buffet se faire bien venir
En dénonçant Pascal, qui ne fait qu'obéir
A des instructions venant du ministère ?
Cet enfant d'Israël eût mieux fait de se taire.
Au lieu d'être modeste, il fait parler de lui ;
Et sa lettre le rend ridicule aujourd'hui.
Léon va devenir la fable de la ville ;
C'est bien en dire assez : le reste est inutile.
Buffet, du reste, a dit qu'il ne répondrait pas
Aux lettres ou conseils venant de candidats.
Guillot de Suduiraut n'est qu'un propriétaire
Qu'on aurait dû laisser dans la vie ordinaire

(1) Léon accuse le Préfet de combattre sa candidature.

S'occuper de chemins ; c'est un conservateur
Qui, dans la Chambre haute, aurait peu de valeur.
Notre ville, jadis si bien représentée,
Ne choisit que des gens sans talent ni portée.
La République seule a gâté son esprit,
Qui, jadis remarquable, aujourd'hui s'abrutit.
Dans les journaux, j'ai vu les choix de la *Province* ;
Je ne désire pas du tout qu'on les évince.
Ce sont de braves gens et des conservateurs
Qui bien mieux du Sénat méritent les honneurs.
La raison, l'intérêt, tout pour ces choix milite ;
On doit la préférence à ces hommes d'élite.
Nommer Guestier, Bonnet, Delisle et Pelleport,
C'est dire qu'un tel choix nous honore d'abord,
Et je ne ferai pas l'éloge de leur vie,
Sans doute ce serait blesser leur modestie.
Le parti de Rouher fait paraître à Bordeaux
Une liste qui fait trembler les radicaux.
Par des raisonnements en vain on veut détruire
Les souvenirs heureux qu'on garde de l'Empire,
Dont le règne joignit à la sécurité
Les attraits enchanteurs de la prospérité.
A défaut d'autre chose, on pourrait le reprendre :
Des hommes courageux sont prêts à l'entreprendre.
Ils sont remplis d'espoir, mais d'hostiles partis,
Pour les contre carrer, se sont tous réunis.
L'Empire n'est pas mort, et son espoir, encore,
Est de voir sur son front renaître un jour l'aurore.
Mais pour bien réussir, je lui donne l'avis
D'abolir l'hypothèque et les droits réunis,
Les patentes, l'octroi, tous ces impôts funestes,
Qui, des droits féodaux, semblent les anciens restes.
Pour remplacer ces droits, des esprits exercés
Trouveront des moyens sans être embarrassés.
Et tout gouvernement, soit légal, soit despote,
Qui mettra de côté ces droits, aura mon vote.
La réforme complète est mon plus grand désir
Et je voudrais la voir, bien avant de mourir.

Maisles républicains, ignorants et despotes,
S'occupent peu de lois et ne font que des fautes.
Puisse un pouvoir quelconque, apte à nous secourir,
Supprimer les abus qui nous font tant souffrir.

Gambetta à Bordeaux.

La nomination de Pelleport-Burète
De nos républicains avait troublé la tête ;
La coalition de partis réunis
Les ayant dans leurs plans tout à fait applatis.
Triomphants le matin, vaincus dans la soirée,
Ils n'avaient jamais vu plus rude échauffourée ;
Et cela prouve bien que les conservateurs,
Quand ils voudront s'unir, seront toujours vainqueurs.
Le nommant au Sénat, Bordaeux, pour lui propice,
Ne fit à Pelleport que lui rendre justice,
Et rien ne pouvait plus vexer les radicaux,
Que le brillant succès du maire de Bordeaux.
Ils veulent en tirer une grande vengeance :
Rien ne peut désormais borner leur insolence.
La *Gironde*, Léon, le sénateur Fourcand,
Furent tous attristés d'un échec aussi grand.
Ils craignent d'éprouver encore une défaite
Dans le prochain scrutin qui dimanche s'apprête.
Au centre de Bordeaux, aux lieux circonvoisins,
La victoire sera pour les républicains.
Les arrondissements prouveront, au contraire,
Que les républicains ne leur conviennent guère ;
Qu'ils aiment encor mieux revoir un Empereur
Qu'un régime bâtard sans force et sans couleur.
Les voilà donc venus ces grands jours de batailles
Qui viennent émouvoir nos cœurs et nos entrailles.
On se souvient d'avoir vu Naquet à Bordeaux
Qui vint pour réchauffer l'esprit des radicaux.

Aujourd'hui Gambetta, sur un ton emphatique,
Vient nous voir pour prêcher une autre République.
Que devons-nous penser de ces aventuriers
Qui viennent pour glisser l'erreur dans nos foyers ?
Rabagas est instruit, mais n'a pas de pratique :
Ce n'est qu'un esprit faux, vague et philosophique.
Enfin, c'est dans nos murs que son ami Fourcand
L'appelle pour qu'il soit notre représentant.
Ne pouvant s'accorder sur les candidatures,
Fourcand fit adopter la pire des mesures :
Beaucoup de concurrents se trouvant en débat,
Pour les mettre d'accord Fourcand prit Gambetta.
Nombre de candidats s'effacèrent de suite
Et cédèrent la place à cet homme d'élite.
Fourcand de Rabagas fit l'éloge flatteur
En disant qu'il avait seul sauvé notre honneur,
Qu'en France il avait su fonder la République
Et briser à jamais le pouvoir monarchique ;
Et cependant Naquet à Bordeaux avait dit
Qu'il nous avait plongés dans un grand discrédit,
Et que si, par malheur, nous l'eussions laissé faire,
La France à l'étranger n'aurait pu se soustraire.
Thiers, Naquet ont dit que de nos grands revers
Il était responsable à peu près des deux tiers.
D'Audiffret et Daru, Boreau-Lajanadie,
Ont fait plusieurs rapports prouvant son infamie.
Et Fourcand vient après de pareils documents
Vanter de Gambetta les nobles sentiments.
Jamais on n'aurait cru que Fourcand fût capable
De commettre à Bordeaux une action semblable.
Il a fallu l'emploi de son grand ascendant
Pour oser imposer un choix si flétrissant.
Et pourquoi, Gambetta, ce fanfaron ce traître,
Dans nos murs attristés ose-t-il reparaître ?
Pourquoi cet ennemi du trône et de l'autel
Vient-il dans notre ville y répandre son fiel ?
On se souvient encor du trouble et des alarmes
Qu'il causa pour nous mettre en masse sous les armes,

En donnant aux soldats de mauvais vêtements,
Des souliers de carton et d'affreux aliments.
Enfin, ce Gambetta qui n'est Français qu'à peine,
Puisque, par ses auteurs, il est enfant de Gênes,
Arrive dans Bordeaux, et, dès le lendemain,
Au sénateur Fourcand il vient donner la main.
On prévient le public : dans la même soirée
Gambetta, dans le Cirque, annonce son entrée.
C'est convenu : la foule à son appel se rend.
Mais combien du public l'étonnement fut grand !
Grand nombre d'auditeurs perdirent patience,
Gambetta ne vint point. Nulle fut l'audience.
Un commissaire vint dire dans ce moment
Qu'on ne pouvait entrer : grand désappointement !
On avait dit partout qu'une foule nombreuse
Empêchait toute entrée ; ah ! quelle idée heureuse !
Fourcand le sénateur, l'oculiste Guépin,
Avaient de Gambetta pourtant fait le chemin.
Mais, par avis secret, on sut que, dans la salle,
Contre lui se formait une grande cabale,
Qu'on devait lui poser certaines questions
Qui pouvaient lui causer des appréhensions,
La foule ne fut donc qu'un prétexte, et. de suite.
Gambetta regagna son hôtel au plus vite.
Le lendemain Fourcand, au Théâtre-Français,
Assembla ses amis. Plus calme que jamais,
Gambetta pérora devant un auditoire
Qui ne fit qu'approuver sa parole oratoire
Pourquoi vient-il ici blâmer notre préfet,
Décrier notre maire et dénigrer Buffet ?
A Gambetta Fourcand avait dressé son thème
Pour qu'il pût insulter l'autorité quand même.
Anathème, anathème à cet homme maudit
Qui vient des Bordelais empoisonner l'esprit.
N'était-ce pas assez du journal la *Gironde*
Pour répandre en nos murs une doctrine immonde?
Lorsqu'en me promenant, je vois devant mes yeux
Deux nobles Bordelais, Montaigne et Montesquieu,

Je m'incline et je dis : Bordeaux se déshonore
S'il prend pour deputé Gambetta que j'abhorre.
En des pays lointains, qu'il retourne au galop ;
Tout le monde à Bordeaux, ne l'a conçu que trop :
Qu'il aille donc rêver sur les bords de la Seine
Et même encore plus loin, aux rives de l'Ukraine.
Gambetta nous avait fait voir un avenir
Où la France pouvait disparaître et périr.
Selon moi, Gambetta n'est qu'un polichinelle ;
C'est le plus grand farceur de l'époque actuelle :
Qu'il ne vienne jamais respirer sous nos toits,
Puissions-nous l'avoir vu pour la dernière fois !

Mort de M. Ricard.

Au moment de livrer à la publicité,
Pour mes anciens lecteurs l'ouvrage précité,
J'apprends avec regret une grave nouvelle :
Monsieur Ricard est mort ; cette perte est cruelle.
Jeune encore, il avait un brillant avenir
Et la tombe, à l'instant, vient pour lui de s'ouvrir.
C'est ainsi de la Mort que la faux meurtrière
Des grands hommes d'Etat vient finir la carrière.
La France ne perd rien dans cet événement ;
On remplace un ministre assez facilement.
Ricard, près de mourir, laisse une circulaire
Dont le but évident était surtout de plaire
A ceux qui, par hasard, l'avaient mis au pouvoir,
Et des républicains il devenait l'espoir.
Pourtant, de ces derniers si grande est leur misère,
Qu'on ne peut avec eux former un ministère.
Ils n'ont que des sujets sans talent ni valeur :
C'est là le grand écueil de leur parti vainqueur
Pour remplacer Ricard, on va prendre Marcère,
Dont la capacité passe pour ordinaire.
Je crois bien que chacun pourra dire en secret :
C'est une étoile encor qui filera d'un trait.
De Ricard ce sera l'édition deuxième
Pour remplir cet emploi sa faiblesse est extrême.
Nous eûmes par Buffet quelque sécurité,
Mais la France est vouée à l'instabilité.

Bordeaux. — Imprimerie Nouvelle A. Bellier, rue Cabirol, 16.